LE RETOUR

DE CAMILE

A ROME,

O U

CAMILE DICTATEUR

POUR LA SECONDE FOIS.

Drame héroïque, en un acte et en vers, représenté pour la premiere fois sur le Théâtre de Geneve, le 27 octobre 1788.

PAR M. LE C^{her}. AUDE, (Joseph

De l'Académie des Arts et des Sciences de Sicile.

A LYON;

Chez J. S. GRABIT, Libraire, rue Mercieres

M. DCC. LXXXVIII.

Avec Approbation et Permission.

A U
MAGNIFIQUE CONSEIL
DE LA
VILLE ET RÉPUBLIQUE
DE GENEVE.

MAGNIFIQUES ET TRÈS-HONORÉS SEIGNEURS,

PERMETTEZ-MOI de faire paroître sous vos auspices un Drame dont la voix publique a déja nommé le héros. J'ai osé présenter aux François le tableau de ses vertus ; vous avez créé pour sa gloire une place de Conseiller d'honneur, distinction plus rare et plus belle chez les républicains que chez les rois.

Le jour de son élévation fut celui du bonheur de la France ; tous les jours qui l'ont suivi lui ont été consacrés par des hommages, tribut d'autant plus glorieux, qu'il lui est offert loin de lui, et par toutes les classes de citoyens, comme à une divinité sourde à leurs

a ij

louanges, et attentive à leurs besoins. J'ai vu, MAGNIFIQUES ET TRÈS - HONORÉS SEIGNEURS, j'ai vu baigner de pleurs son image; on la multiplie, on la voit par-tout; et quand le burin est insuffisant pour une illusion qu'on voudroit entiere, et qui ne peut l'offrir qu'aux yeux, on a recours à la Partie de chasse de Henri IV, et Sully le présente à l'ame.

On n'a vu que lui seul dans Camile : c'est sur le théâtre de Geneve que cet Ouvrage a été d'abord représenté ; daignez en agréer la dédicace et l'hommage.

Je suis, avec un profond respect,

MAGNIFIQUES ET TRÈS-HONORÉS SEIGNEURS,

Votre très-humble et très-obéissant serviteur,

Le Chevalier AUDE.

PRÉFACE.

COMPARER un ministre des finances à un général d'armée ! l'homme de l'ordre & de la paix à celui des troubles & de la guerre ! quelle incohérence ! — Un peu d'indulgence en faveur du sentiment qui m'anime ; ne me condamnez pas sur le titre de l'ouvrage, sur l'apparente invraisemblance des rapports; ne croyez pas d'avance à l'impossibilté des allusions ; les mots vous font appercevoir la *différence;* vous verrez la *ressemblance* dans les choses ; un peu de patience ; vous en aurez besoin, car je vais faire une bien longue préface pour un bien petit ouvrage.

On sait que le déplorable état de la France au retour de M. N***. a nécessité sa nomination. Une semaine, un jour peut-être avant cette seconde *élévation,*

je voyois (moi qui ne vois rien en affaires
de commerce et de politique) la place de
Lyon réduite à présenter un mémoire au
gouvernement pour en obtenir le retard
du paiement d'octobre, les maisons les
plus riches et les plus accréditées refuser
l'acceptation des lettres de change qu'on
tiroit sur elles; je ne parle que de Lyon, car
je ne vois le monde que par un trou, et je
me dis en observant ce qui se passe dans
mon coin, *ab uno disce omnes*; je voyois
enfin baisser et s'éteindre le crédit public.
Le bruit du retour de M. N****. au ministere se confirme; plus de mémoires au gouvernement, plus de suspension de paie-
ments; l'ordre est rétabli, la confiance
renaît et la place reprend sa vigueur. La
joie la plus vive succede à la désolation,
et l'espérance la plus juste à la terreur la
mieux fondée; toutes les classes de citoyens
se réunissent, se félicitent à cette conso-
lante nouvelle; ce cri touchant de la reconnoissance et du patriotisme me remplit

du desir de devenir l'organe des divers
sentiments qu'il veut exprimer ; et l'histoire romaine m'en fournit les moyens.

J'avois alors et je m'honore d'avoir
encore pour ami le respectable directeur
d'une institution qu'on peut appeller à tous
les titres, l'école des amis de la patrie, et
dans lequelle on ne manque jamais de
consacrer les événements remarquables
de l'année : dans la disette d'événements
heureux, on s'y préparoit à la représentation de Philoctete ; et à l'époque du se-
cond ministere de M. N***. M. Chevassu
m'invita, moins que mon coeur à la vé-
rité, à la célébration de la justice du roi,
et des bienfaits que le nom seul du nouveau ministre apportoit à la France. Le
moment des exercices publics de cette
maison recommandable arrivoit quelques
jours après la nouvelle de cette administration desirée ; il falloit saisir la circons-
tance, se hâter, écrire de coeur, et re-

noncer à l'espoir de faire un ouvrage de style ; il étoit marqué le jour où les négociants vinrent entendre dans le *Retour de Camile à Rome*, leurs enfants qui sembloient disputer avec eux de zele, de gratitude et d'intelligence pour faire reparoître devant leurs yeux comme à la cour le restaurateur du commerce et le soutien de leurs travaux. Ces considérations n'ont pas peu contribué sans doute au succès de ce drame, qui, dans l'espace de quatre jours, fut, ainsi que le Philoctete de M. de la Harpe, représenté trois fois sur ce théâtre du patriotisme et des moeurs. Ce succès dont un nom célebre et des circonstances favorables me firent goûter les délices, fit bientôt l'entiere fortune de l'ouvrage : de braves gentilshommes furent mes Camile, mes Scipion, mes Fabius dans les vieux châteaux du Forez ; je n'oublierai jamais qu'une dame aussi belle que respectable, voulut bien être général de cavalerie, pour que la représentation pût avoir lieu. Il est

des succès pour l'amour-propre, et l'esprit
aime à s'en nourrir ; il en est pour l'amour
des autres, et ceux-là seuls vont à l'ame :
je n'en connoissois pas toute la douceur.
Quel moment de jouissance pour mon
coeur que celui de l'offrande respectueuse
de tant de braves gens au nouveau Camile!
qu'il m'eût été doux de présenter son
image aux François sur le théâtre de la
capitale!

Tout est sans couleur et sans vie sous
la plume de l'écrivain, qui n'envisage ni
n'espere la représentation de son ouvrage
en le composant ; la perspective du théâtre
François est le seul aiguillon du talent dra-
matique ; & quelle est la piece (exceptons
celles de Racine et quelques-unes de Vol-
taire) qui peut se passer de l'illusion théâ-
trale? Un plan bien conçu, des caracteres
tracés avec force, des mouvements vrais,
un intérêt progressif ne suffisent qu'au
spectateur ; le lecteur demande le style ;

et le style est le grand secret qu'on ne doit qu'à la longue méditation des convenances, et à la combinaison lente d'une foule de réflexions et d'idées. Quel est l'homme assez courageux pour employer des mois à écrire un acte qui doit mourir en un jour? et quel drame, je le répete, privé du prestige de la *seene françoise*, peut obtenir quelque durée? Il est donc évident que désespérer d'être entendu par l'organe des bons comédiens, c'est perdre la moitié de ses forces, en traitant les sujets les plus beaux, provoquer un enthousiasme impossible, et demeurer triste et glacé dans l'inquiete volonté de bien faire. C'est avouer ouvertement mon opinion sur la maniere dont ce foible ouvrage est écrit, et en fixer l'intérêt et le succès sur la résurrection de Sully : ce n'est pas que mon admiration pour ce ministre, et la disposition des esprits à la partager, ne m'ait enflammé quelquefois, et n'ait élevé mes pensées ; mais je n'ai connu cette élévation, je n'ai senti cette chaleur, que lorsque je me suis entouré d'une douce illusion, qu'en entrevoyant l'espérance de voir épurer mon hommage par les bouches éloquentes qui consacrent les grands événements sur le théâtre de la nation. J'exagere peut-être un peu, en n'attribuant les moments heureux de ma piece qu'à cette espérance : il est certain que l'analogie du trait de l'histoire de Rome avec les circonstances présentes, a dû exciter mon courage, et rendre le portrait moins indigne de son modele. Examinons cette analogie, et saisissons les rapports du ministre avec le guerrier.

1°. Camile fut une premiere fois élevé à la dictature, qu'il ne dut qu'au besoin que la république crut avoir d'un aussi grand capitaine, conjoncture où *sans brigue et sans effort*, un mérite supérieur se trouve en sa place. On avoit déja observé que dans tous les emplois où Camile avoit eû des collegues, *sa rare vertu et sa hante capacité* lui avoient fait déférer tout l'honneur du commandement, comme s'il eût commandé en chef; le peuple couroit à l'envi s'enrôler sous ses enseignes; tout le monde vouloit suivre à la guerre un Général que la victoire n'avoit jamais abandonné. — Les alliés lui *envoyoient offrir de puissans secours*, composés de leur plus florissante jeunesse. — Sa présence seule *rétablit la discipline militaire*, bien affoiblie depuis la division des tribuns. Il vint à bout de relever les forts que les ennemis avoient ruinés.

= M. N *** est nommé pour la premiere fois administrateur des finances, dans un moment où le crédit de la France est considérablement affoibli; on trouve par ses soins le moyen de le rétablir. On prévoit une guerre pour la liberté de l'Amérique; il répare nos forces navales; la Hollande, la Suisse, Geneve, tous les riches

capitalistes des nations voisines s'empres-
sent d'offrir au gouvernement les fonds
dont il a besoin pour élever sa marine au
point de soutenir honorablement une
guerre inévitable ; *cette marine respec-*
table, l'état du trésor public, un zele, un
enthousiasme universel rendent la France
l'arbitre de l'Europe.

2°. Après avoir rendu les services les
plus importants à la république, Camile
est proscrit pour avoir sacrifié quelques
intérêts particuliers à l'intérêt général.
= M. N * * *. donne sa démission pour
une cause à peu près semblable ; il trouve
des obstacles à l'exécution de ses projets ;
il se retire. Tous deux n'ont reconnu
d'autre intérêt que celui de la patrie.

3°. Camile se retire à Ardée, et gémit
bientôt sur les malheurs de Rome : plus
affligé des calamités de sa patrie que de
son propre exil, il lui prépare en secret
les ressources qu'elle ne pouvoit espérer

que de lui. — M. N*** consacre sa retraite aux besoins de la France, éclaire
le dédale de *l'administration des finances*,
et par le livre qui porte ce titre, *élève
contre les ennemis de la France une forte-
resse qu'il est impossible de renverser; il
fait le code des bons ministres, comme
Montaigne fit le code des honnêtes gens.*
La politique et la morale, dans ce bel
ouvrage, ne sont plus qu'une seule et vaste
science, par le lien indissoluble et sacré,
qui joint les spéculations du génie à l'enthousiasme de la vertu.

— M. N***

4°. Les Gaulois ayant à leur tête Brennus, s'emparent de Rome, brûlent les
temples, massacrent les vieillards et les
femmes; il n'existe plus de cette maî-
tresse du monde, que le capitole, qui,
malgré la vigoureuse résistance de Manlius,
eût été surpris, si les *oies* (1) consacrées
à Junon ne se fussent éveillées et n'eussent

_____

(1) Jamais les oies ne sauvaient la France.

crié au bruit que firent les Gaulois en tentant l'escalade. Dans ce péril imminent Camile est de nouveau créé dictateur ; à la tête de la jeunesse Ardéate et des Romains, que son nom seul a rassemblés sous ses drapeaux, il force les Gaulois à lever le siege, entre victorieux dans Rome, au milieu des acclamations du peuple, qui l'appelle son libérateur, le pere de la patrie & le restaurateur de Rome. ⸺ La France est sur le point d'éprouver une révolution désastreuse ; les trésors de l'état sont épuisés ; un édit nécessité par les circonstances acheve de détruire le crédit public ; une guerre intestine, malgré la sage modération du monarque, s'allume dans les différentes classes de l'état ; toutes les ressources semblent disparoître. M. N * * *. est rappellé ; elles reparoissent avec lui ; le crédit ressuscite, le calme renaît ; on abroge tous les édits qui altéroient la confiance publique, et le peuple attendri le nomme le meilleur ami de son roi ;

ce peuple est l'écho fidele du vœu patrio-
tique des princes qui environnent le trône.
La joie que la Reine fit éclater à la nomination du nouveau ministre, l'affabilité
touchante avec laquelle cette souveraine
voulut bien elle-même annoncer les faveurs
du Roi à son plus fidele sujet ; l'accueil
dont il fut honoré par MONSIEUR, les
paroles à jamais mémorables dont ce
prince vertueux accompagna ce noble accueil : tout enfin n'a-t-il pas fait retentir
à son oreille et dans son cœur qu'on attendoit tout de ses soins, et que la France
éplorée l'appelloit depuis long-temps à son
secours ?

Ces rapprochements ont dû se présenter
naturellement à mon esprit en ouvrant
l'histoire romaine ; il n'a pas fallu un grand
effort d'imagination pour faire saillir dans
ce sujet les allusions qui en naissent. Il
n'est qu'un seul instant où j'ai cru pouvoir
me permettre une foible altération de

l'histoire, encore est-ce dans la forme et nullement dans le fond : voici le trait historique. Le sénat pressé par la faim, étoit convenu avec Brennus de lui donner mille livres d'or, à condition qu'il leveroit le siege, et qu'il sortiroit incessamment des états de la république. On apporta l'or ; mais quand il fut question de le peser, les Gaulois se servirent de faux poids. Les Romains se récriant contre cette supercherie, Brennus, au lieu de faire cesser cette injustice visible, mit, outre le poids, son épée et son baudrier dans le plat qui contre-pesoit l'or. Les députés, outrés d'une si indigne vexation, lui demanderent raison de cette conduite extraordinaire : " Eh ! qu'est-ce que ce pourroit être, répondit insolemment le barbare, sinon malheur aux vaincus. *Væ victis*.

Les balances et les poids ne m'ont pas semblé dignes de la scene tragique ; je me

suis contenté de faire apporter l'or, et de
manifester, par des demandes aussi iniques
que le moyen des faux poids, la supercherie du vainqueur, et l'abus de son
lâche triomphe : c'est le moment où Camile arrive, empêche le traité, et forme
le dénouement de mon drame. Si le peu
de temps que j'ai eu, ou mon incapacité
ne m'ont pas permis d'en faire un ouvrage
de mérite, il est du moins celui du patriotisme, et l'hommage de mon profond
respect pour le choix de sa majesté : On
n'y verra, j'espere, aucune maligne allu-
sion, aucun rapport direct ou indirect
avec les ministres qu'elle a cru devoir
remplacer ; à Dieu ne plaise que mon
insuffisance se mêle de la conduite des
états et des révolutions des cours. Cette
circonspection m'a valu du moins le suffrage des honnêtes gens, au nombre des-
quels M. Deschamps doit être distingué
par son jugement, sa prévoyance et ses
lumieres. L'approbation d'un magistrat

éclairé, qu'on peut nommer à juste titre le restaurateur de la police de Lyon, l'ami du citoyen, des convenances et de l'ordre, est à mes yeux une preuve si honorable de la sagesse de mon hommage, que je me permets d'insérer la lettre qu'il a bien voulu m'écrire à ce sujet. Muni de ces autorités qui me donnent encore plus de confiance en la pureté de mes intentions, c'est avec la plus douce joie que je reçois la nouvelle flatteuse du zele qu'on va mettre dans quelques villes de la France à la représentation de ce drame, hommage foible, mais sincere de la reconnoissance et de l'admiration.

PERSONNAGES.

CAMILLE, dictateur.

FABIUS, tribun militaire.

COMMINIUS, chef de légion.

LUCIUS APULEIUS, tribun du peuple.

APPIUS,

SYLLA, } députés du sénat.

BRENNUS, chef des Gaulois.

SCIPION, général de cavalerie.

ÉLMAR, Gaulois.

DÉCIME, chevalier Romain. } personnages muets.

SOLDATS Romains.

SOLDATS Gaulois.

La scene est au champ de Mars, à deux milles de Rome.

E R R A T A.

La célérité qu'on a mise à l'impression de cette piece ne nous a point permis d'en corriger quelques fautes, au nombre desquelles il en est une essentielle.

☞ *Page* 7, *vers* 1ᵉʳ, D'un carnage sanglant, *lisez*: D'un joug vil et sanglant.

LE

LE RETOUR DE CAMILE A ROME,

OU

CAMILE DICTATEUR POUR LA SECONDE FOIS.

DRAME HÉROÏQUE.

SCENE PREMIERE.

FABIUS, DÉCIME, Soldats.

FABIUS.

Nos remparts sont détruits ; Romains, le Capitole
Résiste seul au chef de ces audacieux ;
Par la main des Gaulois, dont Brennus est l'idole,
La flamme a dévoré le temple de nos dieux.

A

Le sénat assemblé va demander la treve ;
Vous savez les secrets qu'il lui faut réveler :
Allez, Décime ; avant que le traité s'acheve,
Au chef des assiégeants je veux encor parler.

SCENE II.

FABIUS, seul.

Quel traité ! Rome en deuil va donc capituler !
Vous qui nous punissez de l'exil d'un grand homme,
Dieux puissants, dieux vengeurs trop long-temps
        irrités,
Souffrirez-vous qu'après tant de calamités,
Le capitole tombe et périsse avec Rome ?
Quel ordre au champ de Mars amene le tribun !

SCENE III.

FABIUS, LUCIUS.

FABIUS.

Lucius en ce lieu ! dans le malheur commun
Qui peut vous éloigner des soins de la patrie ?
J'avois cru qu'au sénat.

LUCIUS.

Le sénat s'humilie ;
Il demande la paix ou la treve à Brennus ;
Il va signer l'arrêt de notre ignominie,
Et prier le vainqueur qu'eût chassé Manlius.

FABIUS.

Ah ! si de Manlius l'adresse et le courage
Avoient pu prévenir ou combattre sa rage,
Verrions-nous sous le fer expirer nos enfants ?
Les vieillards écrasés sous des débris fumants ?
Et pour comble d'horreur, une guerre intestine
Du reste des Romains achever la ruine ?
Les soldats sans vigueur et les chefs sans crédit ?
Le ciel est juste enfin. — Camile fut proscrit ;
Il sait le sort de Rome. — Ah ! si dans sa grande ame
De son pays ingrat vivoit encôt la flamme ;
S'il arrêtoit sur nous un seul de ses regards...
Je crois voir à son nom relever nos remparts.

LUCIUS.

J'approuve ce transport né du patriotisme ;
Mais de cet exilé vantez moins l'héroïsme :
On connut ses projets ; son cœur ambitieux
Affecta des honneurs qui ne sont dus qu'aux dieux.
Qu'a-t-il fait de si grand pour que Rome ose attendre
Des secours d'un proscrit ?

FABIUS

Il est affreux d'entendre
Et la brigue et la haine, en ces calamités,
Insulter à l'auteur de nos prospérités.
— Qu'a-t-il fait de si grand ? — Il sauva ta patrie ;
Dictateur, il vengea sa majesté flétrie ;
Nos trésors épuisés, par ses soins rétablis,
Furent cinq ans l'effroi de nos fiers ennemis ;
Des Romains, ses enfants, l'espoir et le salaire.
Eh ! qui n'eût adopté Camile pour son père !
Brennus craignoit alors ce qu'il brave aujourd'hui.
Que ne peut un état dont Camile est l'appui ?
Lui seul en maintenoit la concorde et la gloire ;
A lui seul Rome a dû sa derniere victoire ;
A son exil, sa perte et ses vils oppresseurs.

LUCIUS

Un abime effrayant, qu'il sut couvrir de fleurs,
Est le principe heureux de ses vertus sublimes ;
Vous comptez ses bienfaits ; —Je compte ses vic-
times ;
J'ai tout vu, tout Rome alors....

Langissoit sans honneur ;
Il vient, elle triomphe, et lui doit son bonheur ;

Il ne consulta point l'oracle, les Sibylles ;
Ardent, infatigable en ces temps difficiles
Dans la félicité de ses concitoyens,
Du salut de l'état il trouva les moyens ;
Rome étoit défaillante ; on voit Camile ; et Rome
Reprend toute sa force à l'aspect d'un grand homme.

L U C I U S.

Hé bien ! si par un soin noble et miraculeux
Sa vertu courageuse aux Romains asservie,
Au milieu des tombeaux sut ramener la vie,
Que fait-il loin de Rome en ces temps désastreux ?
Un héros tel que lui doit être généreux ;
Que fait-il dans Ardée ? et quelle est sa vaillance ?
Sa grande ame doit être au-dessus de l'offense :
Qu'il vienne. . . .

F A B I U S.

Oubliez-vous que vous l'avez banni ?

L U C I U S.

Mais s'il peut en montrant son front à l'ennemi
Sauver Rome. . . .

F A B I U S.

Il n'a plus que le droit de la plaindre.
Dans l'exil lentement tes jours doivent s'éteindre,

O Camile ! en toi seul nous avons tout perdu ;
Du sort de Rome en vain ton coeur seroit ému.
Tu gémis du transport qui pour elle t'anime ;
Ne peut-on la servir sans être sa victime ?
Et faudra-t-il toujours à ce prix douloureux
Acheter les travaux qui nous rendent heureux ?

SCENE IV.

FABIUS, LUCIUS, COMMINIUS.

COMMINIUS, à *Fabius.*

AUGUSTE défenseur de Rome et de Camile ,
Souffrez qu'auprès de vous je demande un asile.

FABIUS.

Brave Comminius , qui ramene vos pas
De la tranquille Ardée au milieu des combats ?
Que venez-vous chercher sur ces rives fatales ?
Surpris par un barbare aux portes Quirinales ,
Vous guidiez , m'a-t-on dit , les soldats éperdus ,
Que la fuite a soustraits aux fureurs de Brennus.

COMMINIUS.

A cette extrémité ma légion réduite ,
Il est vrai, n'eut, Seigneur, que la mort ou la fuite ;

D'un carnage sanglant mes soldats menacés,
Dans les champs loin de moi s'élancent dispersés :
Je cours et les rallie aux campagnes d'Ardée ;
J'entre dans la retraite à Camile accordée :
Quel spectacle sublime à mes regards offert !
Ce grand homme, oubliant l'exil qu'il a souffert,
Les armes à la main, pleurant sur sa patrie,
Invitoit aux combats la jeunesse attendrie :
On part ; et mes soldats sous ses drapeaux rangés,
Des Gaulois près du camp dans l'ivresse plongés,
Font un affreux carnage à la faveur des ombres ;
Du Styx, les bords du Tibre offroient les rives
      sombres :
Tout périt—au seul bruit de ses premiers exploits
Les soldats fugitifs s'assemblent sous ses loix :
«Commandez-nous, Camile ; un vainqueur sacrilege
»Déjà du capitole ose tenter le siege :
»Qu'il tombe anéanti dans la flamme et le sang ;
»Vos ordres sont l'arrêt qui lui perce le flanc ;
»Commandez-nous ; soyez, après un long outrage,
»Clément comme les dieux dont vous êtes l'image.»
Le héros les embrasse et gémit sur son sort ;
« Des murs de ma patrie on m'interdit l'abord,
»Dit-il, en ces dangers, que le plus intrépide
»Prévienne le sénat, et je suis votre guide. »
A ces mots, à travers les assiégeants trompés,
Par des sentiers obscurs et des rocs escarpés,
Je monte au capitole, et cet auguste asile,
Retentit du grand nom du malheureux Camile.

Touché de ses vertus et sûr de sa valeur,
Le sénat assemblé le nomme dictateur ;
Ce que Rome a de grand, de généreux, d'auguste,
S'applaudit d'un retour si glorieux, si juste ;
Et je vais annoncer au prémier des humains
Qu'il a le droit encor de sauver les Romains.

FABIUS.

Cette illustre espérance étoit donc réservée
A mon ame flétrie, aux Romains expirants ;
Retournez, ramenez, au sein de ses enfants,
Du pere de l'état la valeur éprouvée.

SCENE V.

CAMILE, FABIUS, LUCIUS, COMMUNIUS.

CAMILE, *dans la coulisse.*

Scipion, suivez-moi.

FABIUS.

Qu'entends-je ? quels accents !
C'est Camile, c'est lui ; grands dieux ! Rome est
sauvée.

C A M I L E.

Généreux Fabius, embrasse ton ami.

F A B I U S.

Sur ta longue infortune il a long-temps gémi ;
Les plus beaux jours de Rome enfin se renouvellent;
Ah!qu'elle doit d'encens aux dieux qui te rappellent!

C A M I L E.

Du zele ardent et pur qui m'amene en ces lieux,
Fabius, ton estime est le prix glorieux.

C O M M I N I U S.

De votre dictature à nos voeux accordée. . . .

C A M I L E.

On vient de m'annoncer les faveurs du sénat ;
Allez en informer la jeunesse d'Ardée,
Et que notre allié se dispose au combat ;
Ne précipitez rien ; la paix sollicitée
Sert nos projets ; Brennus suspend ses cruautés ;
C'est au premier signal de ses hostilités
Que le Tybre engloutit sa horde épouvantée.

SCENE VI.

CAMILE, FABIUS, LUCIUS.

FABIUS.

Nos malheurs sont finis.

LUCIUS.

Camile dictateur,
Des mortels et des dieux ramene la faveur ;
Souffrez qu'à tous les voeux unissant mon hom-
mage....

CAMILE.

Je ne puis l'accepter ; — je vous ai fait outrage ;
Je vous ai cru long-temps du parti de Phorbas,
Qui de pieges sans nombre environna mes pas ,
Qui résolut ma perte, et vendit sa patrie.
Mais plus que les complots je hais la flatterie ;
L'ambitieux, l'ingrat, le calomniateur,
Enfants de l'impuissance , artisans du malheur,
A mes yeux indignés n'ont point l'ame aussi basse
Que l'être insidieux qui me hait et m'embrasse ;
L'adulateur jamais n'excita ma pitié ;
Aux pieds de sa victime il parle d'amitié ;
Timide empoisonneur, ses infames maximes

Du nom de politique honorent tous ses crimes ;
Et le chef des Romains doit redouter sa voix
Plus encor que la flamme et le fer des Gaulois.
Ainsi donc, Lucius, oubliez un langage
Dont vous aviez long-temps su dédaigner l'usage ;
De mes persécuteurs je crains moins les éclats . . .

LUCIUS.

Ah ! Seigneur, que les dieux ! . . .

CAMILE.

Ne les attestez pas :
Servez Rome ; il suffit : Seigneur, daignez permettre
Que mon cœur un moment puisse se reconnoître.
Je dois trop peu compter encor sur mes desseins,
Pour parler devant vous du salut des Romains.

SCENE VII.

CAMILE, FABIUS.

FABIUS.

L'ASPECT de ce tribun que la haine consume
Au bonheur de te voir mêloit son amertume ;
Je puis enfin jouir de mon ravissement.

CAMILE.

Que ces lieux me sont chers ! respirons un moment.
Tout entier au bonheur d'un retour plein de
        charmes,
J'ose, un moment, de Rome oublier les alarmes ;
Je la revois—mon coeur ne la quitta jamais ;
Ses malheurs m'ont appris à quel point je l'aimais ;
D'un exil douloureux j'ai perdu la mémoire ;
Je la revois ; — le soin de relever sa gloire,
Après tant de travaux, peut-être m'étoit dû ;
Fabius, la retraite affermit la vertu ;
Elle m'a consolé ; la vertu me rappelle ;
Aux devoirs, à l'état on ne tient que par elle ;
A sa voix, nous luttons, calmes dans nos destins,
Contre les passions des aveugles humains ;
Par elle, quand l'erreur amene l'injustice,
L'homme jouit encor d'un noble sacrifice,
Voit sans abattement ses disgraces d'un jour ;
Fixe sa destinée et prévoit son retour.

FABIUS.

Elle t'a ramené sur ces tristes rivages
Où du peuple et des grands t'attendoient les
        hommages,
Où ta gloire, emportant nos voeux et nos regrets,
A laissé des lauriers, et trouve des cyprès.

CAMILE.

Fabius, écartons ces images funebres ;
Le jour de la victoire a chassé les ténebres ;
J'ai vu nos murs détruits, nos temples profanés,
Le peuple et les soldats errants et consternés ;
Pour animer ce coeur aux méchants inflexible,
Je n'avois pas besoin de ce spectacle horrible,
Et je ne pense pas qu'un barbare vainqueur
Vous vende ici la paix au gré de sa fureur.

FABIUS.

Pour l'obtenir de lui le sénat va paroître ;
Il pense que l'or seul peut désarmer ce traître.

CAMILE.

Le trésor des Romains, la force de l'état ;
L'or, le tribut du peuple aux mains d'un scélérat !

SCENE VIII.

CAMILE, FABIUS, SCIPION, deux Soldats.

SCIPION.

DE Rome et des Gaulois les députés s'avancent ;
Le regard dédaigneux, et le front menaçant,

Pour se rendre en ces lieux Brennus sort de son
　　camp ;
Il rend graces aux dieux que ses fureurs offensent.

CAMILE

Les dieux vont dans son sang laver ses attentats ;
Non, ce traité honteux ne s'achevera pas.
Viens, Fabius.

SCENE IX.

SCIPION, *seul.*

DAIGNEZ seconder sa vaillance ;
Précipitez l'instant de notre délivrance ;
O dieux, qui de Camile avez armé le bras ;
Les vœux, la confiance et le cœur des soldats,
L'amour des citoyens, sa plus belle conquête,
Présage des lauriers qui vont couvrir sa tête,
Des décrets immortels organes révérés,
Du salut des Romains sont les gîrants sacrés.—
Brennus paroît.

SCENE X.

BRENNUS, SCIPION, sur l'avant-scene ;
ELMAR, dans la coulisse ; APPIUS et SYLLA,
Députés du sénat, paroissant après que Brennus
a donné ses ordres à Elmar ; SOLDATS portant
une cassette remplie d'or.

BRENNUS.

ELMAR, sans audace et sans crainte,
Retournez près du camp ; respectez cette enceinte ;
La treve que j'accorde a calmé mon courroux :
Le siége va finir. (à *Appius*.) Sénateur, est-ce vous
Que de ses intérêts Rome a rendu l'arbitre ?

APPIUS.

Oui, Seigneur ; et Sylla, que Rome a député,
Revêtu comme moi de ce glorieux titre,
Vient de son entremise honorer le traité.

BRENNUS.

Députés du sénat, sachez ma volonté.
(*Scipion se retire.*)
Si je ne consultois que les loix de la guerre,
L'insurmontable horreur qu'inspirent à la terre

Les exploits et l'orgueil d'un sénat oppresseur ;
Si Brennus des Sabins étoit le defenseur ;
Si de l'ambition je vengeois les victimes,
Vos succès à mes yeux rassemblant tous vos crimes,
J'exércerois ici tous les droits du vainqueur ;
Nul traité ne pourroit suspendre ma fureur :
Mais vous possédez seuls la gloire meurtriere
D'abuser des succès d'une pompe guerriere,
D'enchaîner les vaincus ; et j'ai trop de fierté
Pour descendre jamais à cette indignité.

APPIUS.

Est-ce pour dégrader et flétrir ma patrie,
Est-ce pour insulter de plus près au sénat,
Que la treve aujourd'hui par vous est consentie ?
Représentants du peuple et des chefs de l'état,
Etions-nous réservés à cette ignominie ?
Sortons.

BRENNUS.

         A cet orgueil j'oppose mes bienfaits ;
Ma parole est auguste, et j'ai promis la paix.

     APPIUS, *montrant la cassette déposée*
        par les soldats au fond du théâtre.

Vous en voyez le prix imposé par vous-même.

BRENNUS.

Je l'accepte, et le livre à des soldats que j'aime.

II

Il ne vous reste plus qu'à m'offrir sans retard
Les frais d'un long combat, et hâter mon départ.

APPIUS.

Quoi ! des plus saintes loix vous violez l'empire !
Le prix de cette paix que le sénat desire
Entre l'état et vous n'est-il pas convenu ?
Le traité n'est-il point ? . . .

BRENNUS.

Il est déja rompu :
Cet or ne suffit pas.

APPIUS.

Oubliant sa promesse,
Son avare pouvoir accable la foiblesse,
Affecte à nos regards la vertu, la grandeur,
La générosité, quand il trahit l'honneur.

BRENNUS.

Je pourrois d'un seul mot réprimer cette audace ;
De Rome et du sénat vous implorez la grace,
Et vous parlez en maître ! osez-vous oublier
Que c'est tout votre sang que cet or doit payer ?

APPIUS.

La paix est impossible entre Brennus et Rome ;
Allons mourir.

B

SCENE DERNIERE.

CAMILE, FABIUS, COMMINIUS, SCIPION ;
BRENNUS, APPIUS, SYLLA, Soldats, etc.

CAMILE, *à Appius qui sort.*

ARRÊTE.

APPIUS et SYLLA.

O Camile ! ô grand homme !

BRENNUS.

Camile rappellé !

CAMILE, *avec ironie.*

C'est au chef des Gaulois ;
Qui de la paix ici vous impose les loix,
Que je viens sans rougir adresser ma priere.

BRENNUS.

Brennus vient d'annoncer sa volonté derniere ;
La paix est à ce prix.

CAMILE.

Il n'est point de traité

Qu'on cimente en ces lieux sans mon autorité.
Camile est dictateur.

BRENNUS.

Hé bien, que sa prudence
Avec l'or des Romains désarme ma vengeance.

CAMILE.

Te souviens-tu des temps où la publique voix
Me créa dictateur pour la premiere fois ?
Des temps où le sénat par ce grand ministere
Des trésors de l'état me fit dépositaire ?
Réponds ; as-tu jamais entendu dire alors
Que ma facile main prodiguât ses trésors ?
Que du peuple inquiet épuisant les ressources,
D'une heureuse abondance elle ait tari les sources ?
Qu'un dépôt dont j'étois responsable aux Romains,
Ait passé de ma garde en de profanes mains ?
Te l'a-t-on dit ? réponds ; je suis prêt à t'entendre.

BRENNUS.

A quoi tend ce discours ? et qu'oses-tu prétendre ?
Que t'accordant la paix par un lâche abandon,
Du fruit de mes succès je te fasse le don ?

CAMILE.

Nous accorder la paix !

B 2

BRENNUS.

L'or peut seul la conclure.

CAMILE.

L'or ! — c'est avec le fer que Rome en tous les
　　temps
A retrouvé la paix et chassé ses tyrans.
Crois-tu que sa vertu traite avec un parjure ?
Certes, plus je t'observe et moins j'ose penser
Qu'à s'unir avec toi l'on puisse s'abaisser.
Je venois par pitié pardonner à ta rage ;
Au seul nom d'un traité j'oubliois ton outrage :
Je venois, il est vrai, suspendre cet accord
Qui de Rome à jamais eût avili le sort,
Te donner un avis, t'exhorter à la fuite ;
Et tu dis que Camile, évitant ta poursuite,
Te demande la paix, sollicite un affront !
Quand tu dois supplier, tu fais rougir mon front !
Du mépris, de l'orgueil, tu combles la mesure !
Tu demandes de l'or ! — regarde cette armure ;
Elle te répondra.

BRENNUS.

Sur la foi des traités
Je suspends ma vengeance et vos calamités ;
Et cet audacieux me provoque et me brave !
Il veut du sang ; marchons ; que Rome soit esclave.

CAMILE.

Rome est libre, et toi seul par mon bras enchaîné...

BRENNUS.

Quoi ! dans un piege affreux les lâches m'ont traîné !

CAMILE.

A des coeurs vertueux n'impute point tes crimes ;
Rome n'adopte point tes horribles maximes ;
Rome n'est point parjure et brise ses liens :
Tes soldats les premiers ont attaqué les miens ;
Sûre que ton pouvoir se feroit une gloire
D'abuser lâchement d'une indigne victoire,
La jeunesse d'Ardée unie à mes soldats,
En silence attendoit le destin des combats,
Près du mont Quirinal avec art retranchée,
Cette élite guerriere à tes regards cachée,
A vu fondre sur elle un torrent d'ennemis :
Ils ont rompu la treve, et l'honneur m'a permis
De venger nos autels, d'anéantir ton siege,
Tes armes, tes drapeaux, ton pouvoir sacrilege ;
Je ne t'imite point ; par d'infames détours
Je ne te vendrai pas ta liberté, tes jours ;
Va, nous sommes vengés ; le capitole est libre ;
-Le sang des assassins rougit les flots du Tibre.
Va contre les Romains rallier les soldats
Que la fuite aura pu dérober à mon bras ;

Je t'attends dans ces murs par toi réduits en poudre ;
Mais, en les approchant, crains Camile et la foudre.

(Aux soldats.)

Rome est libre, et toi seul peux troubler sa paix.
Qu'il parte ; qu'il s'éloigne.

BRENNUS.

Achève tes exploits ;
Par un assassinat mets le comble à ta rage.

CAMILE.

Soldats, de ces brigands qu'on purge le rivage ;
Qu'on l'entraîne ; qu'il aille apprendre aux nations
Qu'au milieu du tumulte et des divisions,
Rome qu'on croit alors sans force et sans défense,
Plus formidable encore élève sa puissance.

Mon cœur avoit prévu tes succès glorieux.

CAMILE.

Montons au capitole et rendons grace aux dieux.

FABIUS.

Ah ! cessons de gémir sur les malheurs de Rome,
Pour rétablir sa gloire il ne faut qu'un grand-homme.

FIN.

NOTES.

PAGE xviij, ligne 3 : *Un magistrat éclairé*, &c. Je me plais à redire que le suffrage d'un homme rare et déja célèbre dans une place importante et difficile, où il ne fait que de se montrer, est la preuve la plus complete de la circonspection qui regne dans cet écrit. Voici la lettre où il me fait l'honneur de me l'assurer :

MONSIEUR,

J'ai reçu le manuscrit du drame héroïque que vous me présentez pour la seconde fois : je l'ai lu avec attention ; je n'ai rien trouvé qui puisse en empêcher l'impression ; j'y ai reconnu avec plaisir l'hommage mérité que vous vous empressez de rendre à un ministre dont la nomination, devancée par les vœux de la France, comble son espoir et sa joie.

J'ai l'honneur d'être, avec la plus haute considération,

MONSIEUR,

Votre très-humble et très-obéissant serviteur,

REY, Lieutenant-général de police de Lyon.

Page xix, ligne 12 : *A la repréfentation de ce drame*, etc. Des obstacles l'ont retardée à Lyon, où je sais que la piece a été apprise et affichée. Je dois mille remerciements de cette activité à M. Collot d'Herbois, directeur des spectacles de cette ville, auteur de plusieurs ouvrages justement estimés, parmi lesquels on distingue le *Paysan magistrat* et le *Méchant par oisiveté*, pieces reçues à la comédie françoise. Il est malheureux que son nouvel état prive les lettres d'un temps qu'il employoit si bien à les cultiver, et qu'il devroit leur consacrer tout entier. Qu'il me permette cet avis, quand je ne lui dois que des remerciements et des éloges.

A M. DE M***.

Du château de ***.

JE vous adresse, mon cher ami, la longue préface et les courtes notes de mon très-petit ouvrage ; c'est une befogne faite au milieu des plaisirs et des coups de fusil ; car je vous dirai que la Saint-Hubert est aussi sanglante que joyeufe dans cette campagne, et qu'on y tue le temps et les lievres avec autant de grace que de cruauté. — Vous me dites que l'impression de *Camile* est presque achevée, et qu'elle formera à peine trente pages ; joignez-y la préface et les notes pour donner un peu de consistance à ce drame ; il ne se perdra pas du moins dans les mains du lecteur, s'il en trouve. Allez chez mon imprimeur, M. Grabit ; agissez pour moi, puisque vous voulez que je fasse imprimer Camile. — Vous voulez ! — Ah ! mon cher de M***, comme les illustres ennemis du commerce, comme les dispensateurs de l'opinion publique vont tirer parti de ce *vouloir* contre vous et contre moi! Il me semble les entendre :— *Quel Aristarque a choisi M. Aude? Quels sont les titres littéraires de M. de Mousseaux? Quel ascendant peut-il avoir sur la volonté d'un auteur? Il ne manquoit plus au poëte que l'honneur d'une dédicace au négociant.* — Ah! qu'il est malheureux pour ma gloire, mon pauvre ami, que vous n'ayiez qu'une considération personnelle et universellement reconnue; que vous n'ayiez jamais senti la demangeaison d'écrire, ayant tout autant d'idée du beau, de l'honnête et du vrai qu'il en faut pour plaire et pour réussir; qu'il est malheureux pour vous d'avoir pensé qu'un bon commerce pouvoit valoir un bon ouvrage! qu'il est malheureux pour moi que vous ne soyez pas décoré d'un ordre, que vous n'ayez qu'un esprit juste, une raison saine, un cœur excellent, et que vous ne fassiez des vers que pour votre amie, quand *ces messieurs* remplissent l'univers de leurs bonnes fortunes, et font imprimer leurs jouissances! Au moins, si vous étiez *un peu* noble!—Ah! mon ami, vous avez des bijoux, un mobilier, un commerce; vendez le fonds, achetez une charge de secrétaire du roi, afin que je puisse vous dédier mon premier ouvrage sur *le mépris souverain du tiers-état.* Si la noblesse acquise par un achat ne peut éveiller votre ambition, introduisez-vous dans quelque cour; rendez-vous nécessaire; méritez votre *illustration* par des vertus et des talents... que dis-je? s'ennoblir avoir des parchemins, devenir comte ou chevalier par des vertus et des talens, obtenir à ce prix les faveurs du prince; cette noblesse est bien mesquine! Commencer son nom, c'est bien nouveau! on a toujours à rougir de la roture de son père; on ne peut être honoré que dans ses enfants, qui naissent les fils du chevalier ou du comte; car on ne félicite que les descendants d'une noblesse qu'un autre a gagnée; il vaut mieux la tirer d'un héritage que de la trouver dans son cœur. J'aime mieux par un autre que par soi. Enfin, mon ami, puisqu'il nous en faut une, pour que je puisse vous aimer publiquement, choisissez entre les partis qui vous restent; vendez les diadèmes, achetez des titres ou intriguez pour en avoir. Oh! devenez noble, ou je ne vous aime plus qu'en silence. ... il m'est aussi peu honteux ... C'est pousser un peu trop loin la plaisanterie; vous savez les plus dégoûtants propos qui ont mérité ce juste persiflage. Vous trouverez peut-être que c'est se dégrader, et trop honorer des discoureurs méprisables que d'avoir l'air de répondre à leurs oui-dire, à leur lâche turpitude; je dis lâche, c'est le mot propre, car c'est du sein de la fange qui les couvre que ces êtres vils poussent leurs cris injurieux; c'est dans cette fange qu'ils se retranchent contre l'indignation de l'homme honnête qu'ils calomnient. Ce n'est ni la plume de *Bergasse*, ni l'épée de *Charlemagne* que leur bassesse peut redouter; ils n'ont rien à craindre que le morceau de bois avec lequel on se gare des chiens enragés.

Vous vous étonnez sans doute, mon cher de M * * *, de me voir sortir du caractère de modération et de douceur qui m'abandonne si rarement ; mais rappellez-vous l'histoire de.... et vous me direz ensuite si les faiseurs d'anecdotes, si les calomniateurs peuvent inspirer quelque pitié, et quel supplice convient au misérable qui vous enleve un instant l'estime des gens honnêtes : un scélérat coloré du vernis de la vertu est seul à l'abri de ses traits : malheur à l'homme vraiment vertueux, avec quelque apparence de dissipation et d'inconduite ; on l'assassine dans l'opinion publique, pour se venger de sa dignité.

Mais quelle affreuse digression dans une lettre qui ne devroit être remplie que des tendres et nobles sentiments que vous inspirez. — Adieu, mon cher ami ; vous êtes sensible et confiant ; vous ne savez ni haïr, ni nuire ; gardez-vous des méchants et des sots, car ces messieurs-là sont parents.

Chargez-vous, je vous prie, de mon respectueux hommage pour la touchante *Iphigénie*, et de toute mon amitié pour *Agamemnon* : je ne veux plus appeller qu'ainsi M. et Mad. d'Arbaaville ; ces noms sont tragiques, et sonneront mieux dans nos regrets, quand nous perdrons ces deux talents distingués. Si le théâtre de MONSIEUR les enleve à Lyon, quel voisinage dangereux pour la comédie italienne !

Adieu, encore une fois, mon bon ami ; je n'ai pas besoin de vous renouveller l'assurance du tendre

et inviolable attachement avec lequel je serai sans
cesse votre très-humble serviteur et ami,

Le Chevalier AUDE.

Pag. xij, vers 9. Fabius, la retraite affermit la vertu.

On me saura gré d'indiquer la source où j'ai puisé
l'heureuse idée des vers qui suivent celui-là.

« Si c'est par la vertu qu'on jette les premiers
» fondements d'une heureuse administration ; c'est
» par elle aussi qu'on tient à ses devoirs sans effort,
» qu'on se plaît dans ses sacrifices, et qu'on trouve
» comme une espece de délice au bien qu'on peut
» faire. C'est encore par cette vertu qu'on lutte avec
» tranquillité contre les passions des hommes, et
» qu'on connoît le contentement au milieu de leurs
» injustices : c'est par elle enfin qu'on voit venir la
» défaite sans abattement, et qu'on se releve encore
» après la disgrace.

» Sans doute les grandes places offrent d'autres
» plaisirs ; mais ce sont des jouissances particu-
» lieres, semblables à-peu-près à toutes celles que les
» différentes vanités recueillent dans le monde, l'ac-
» croissement de sa fortune, l'avancement de sa fa-
» mille, les bienfaits répandus parmi ses amis, les fa-
» veurs accordées à ses connoissances, les prévenances
» de tous ceux qui esperent, les politesses des grands,
» les mots obligeants des princes, le charme indéfini
» du pouvoir ; en voilà plus qu'il n'en faut pour atta-
» cher au ministere les hommes qui se bornent à
» l'envisager comme un nouveau grade dans la

» société, ou comme un heureux coup du sort, qui
» vient embellir leur destinée.

» Mais celui qui conçoit ses devoirs, celui qui
» veut les remplir, méprisera toutes ces jouissances;
» elles troublent l'imagination de l'homme privé,
» elles font un objet d'indifférence pour le véritable
» homme public. Ce sont les pommes d'or du jardin
» des Hespérides, qu'il ne faut pas ramasser au
» milieu de sa course; et le sage administrateur ne
» se laissera point éblouir par ces trompeuses amor-
» ces. Il renoncera donc à la reconnoissance parti-
» culiere, parce qu'il n'en méritera point s'il est
» toujours juste; mais il se pénétrera de l'idée de
» cette bienfaisance universelle, qui étend les de-
» voirs et les sentiments, et qui avertit de défendre
» l'intérêt général contre les usurpations de l'intérêt
» personnel. » *De l'administration des finances de la
France, tom. I*er*. introduction, pag. xiij.*

F I N.

A P P R O B A T I O N.

J'AI lu le drame intitulé : *Le Retour de Camile à
Rome*, ou *Camile dictateur pour la seconde fois*, et
je n'y ai rien trouvé qui puisse en empêcher l'impression. A Lyon, le 24 octobre 1788.

DESCHAMPS.

*Permis d'imprimer. A Lyon, ce 25 octobre 1788.
REY, Lieutenant-général de police.*

www.ingramcontent.com/pod-product-compliance
Lightning Source LLC
Chambersburg PA
CBHW071733180626
46818CB00003BA/1371